RODRIGO CIRÍACO

TE PECO LÁ FORA

À Izilda e Luiz,
Pela educação de ontem

À Mônica,
Pelo aprendizado de hoje

À Malu,
Pela esperança do amanhã

"A educação é o ponto em que decidimos se amamos o mundo o bastante para assumirmos a responsabilidade por ele e, com tal gesto, salvá-lo da ruína que seria inevitável não fosse a renovação e a vinda dos novos e dos jovens. A educação é, também, onde decidimos se amamos nossas crianças o bastante para não abandoná-las a seus próprios recursos, e tampouco arrancar de suas mãos a oportunidade de empreender alguma coisa nova e imprevista para nós, preparando-as em vez disso com antecedência para a tarefa de renovar um mundo comum."

HANNAH ARENDT

VERÃO

A.B.C. 13
Aprendiz 15
Bia não quer merendar 17
Nos embalos 19
Questão de postura 21
Miolo mole frito 23
Perdidos na selva 25
Pratos limpos 27

OUTONO

Pedido irrecusável 33
Cara de pau 35
Um estranho no cano 37
Sem volta 41
Socá pra dentro 43
Papo reto 45
Da frente do front 47

INVERNO

Medo 55
Boas-vindas 57
O livro negro 59
A placa 63
Boca do lixo 65
Obituário 69

PRIMAVERA

Poeta 75
Meninas Superpoderosas 79
Boi na linha 81
Literatura (é) possível 83
A queda 85
Nós, os que ficamos 89

A.B.C.

Deus é brasileiro. É. Deus é brasileiro, mas quem manda é o Marcola. É, ele é o patrão. Ah, prussôr, eu não vou entrar, não. Ele é quem manda. Tá bom, tá bom, já que o senhor insiste. Mas ó, não vou fazer lição. Ah, muleque doido! Tô cansado. Quatro da manhã ainda era noite, Jão. Só fazendo avião. Depois, o Play 2. Não é mole, não. O jogo é bravo. Exige concentração. Que fita que eu tenho? Daquela de tiro. PÁ! PÁ! PÁ! Me imagino tipo com uma sete-meia-cinco. Mas logo mais eu tô com uma automática na mão. É, cê vai ver, doidão.

Ah, prussôr, não vou fazer lição, não. Num entendo nada mesmo. Tô cansado de ficar só copiando. Num sei lê, num sei escrevê. Contá? Contá eu conto, claro. Trabalho com dinheiro vivo. Se eu não contá quem é que garante a minha mesada? É, a vida é cara. Quem paga meu tênis, minhas roupa de marca? Quem? Pai e mãe num tenho. Já foi. Tudo morto. Só balaço. Mas eu nem ligo. Já cicatrizô. Nem choro. É rapá, homem não chora. Só Jesus chorou. O cara era gente fina, mas ó, muito pacífico. Comigo não, comigo é na bala. Minha vida é na quebrada. E no esquema. Por isso que eu falo: nem olhe pra minha cara. Se olhô, PÁ! Levô tiro.

Quem guia a minha mão é o Marcola. Se eu já matei? Eh, prussôr, da missa cê não sabe o terço? Já tenho treze anos, pô. Sô bicho solto, bicho feito. Tô enquadrado. É, já tô viradasso. Já paguei até veneno. Um ano na FEBEM. Várias rebelião e o caralho. Tô aqui de L.A., só por conta do juiz. Mêmo assim, num tem quem me segura. Fico pelos corredor, só nas fissura. Dando umas volta, ganhando a fita. Estudá? Êêêêêh... Só entro na aula do senhor porque o prussôr é gente fina. Mas não estudo, não. E só entro de vez em quando. É, não tem mais jeito, Jão. É feio ficar chorando pelo que se rebentô, já se estragô. Tem defeito. Minha vida agora é assim, só no arrebento. Mudá? Só se for de ponto. De vida eu não quero, não. Tô bem, prussôr. Valeu a preocupação, satisfação.

Ah, muleque doido! Ó, tô saindo. Cansei de ficar na sala de aula, na escola, sei lá. Aqui é tudo muito parado. Vou pra rua. Lá que é o barato. É... E lá, eu já sou mestre.

APRENDIZ

Vagabunda, não! Já lavei, já passei pra fora. Já ajudei minha mãe a fazê coxinha, bolinho de carne, esfiha. Agora tomo conta dos fio da tia Carla. E ela me paga, num é nada de graça, não. Nem passá a mão nos meus peito eu dexei de graça pra esses muleque. Num sô otária. Tudo tem seu preço, né não? Eles até perguntaro: "E pá cumê?". Me ofereceram dez real. Mas eu falei não, isso não. Isso aê só quando eu tivé di maió. É... Lá pela quinta série.

BIA NÃO QUER MERENDAR

Bia não quer merendar. Bia nunca comeu a merenda mas ouviu dizer que é ruim, que é sempre a mesma coisa; que não presta. Bia vê o que alguns alunos fazem com a merenda: dão duas colheradas e deixam no canto; amassam, fazem uma pasta e jogam uns nos outros. Guerrinha. Raspam o fundo do prato com a colher de plástico, dão uma lambida e pedem: "Tem mais, tia?". Bia acha engraçado. Os merendeiros. Bia diz pras amigas "eu não, eu não sou merendeira". Ela, inclusive, viu esta semana uma calça. A tia falou que vai lhe dar um tênis. Já encomendou um celular para a mãe. Tem nome e marca de carro: um V8. Bia espera que o seu V8 não demore. Ela tem medo. Não pode deixar de se comunicar com as meninas. Odiaria ser rejeitada pelas amigas. Não ter um grupo. Ser apenas mais uma do povo. Já pensou comer a merenda como todos? O zé-povinho? Ela não. Bia não se importa de não comer. As modelos não são todas magras? Quem dera tivesse bulimia. Dizem que é doença de rico. Tomar sorvete, comer lanches, salgados e depois vomitar. Pelo menos esta dor no estômago, esta fraqueza faria sentido. Bia não quer merendar. Ela já avisou: não tomou café, não almoçou. Não, não é dieta.

Não comeu porque não tinha. Assim como no intervalo não tinha dinheiro pra cantina. Bia não quis sair para comer a merenda, ainda que fosse às escondidas. A última coisa que Bia insistiu em dizer, antes de desmaiar de fome, foi: "Professor, eu, eu... Eu não sou merendeira".

NOS EMBALOS

Professor, fumá emagrece. Olha só o corpinho. O senhor paga um pau, né não? Tá, eu já sei, num pode falá. "Questão de ética". Ah, é pra eu sentá? Desculpe, professor. É que eu ainda tô ligada. Duzentos e vinte, sabe? É, não me tiraram da tomada.
    Balada, fluxo. Ontem à noite prôfi, altos gatinhos. Imagina, só numa noite eu catei seis. Tudo bonitinho. E otário. É. Eles acha que eles que me cata. Nem sabe que são é catados. Chega, encosta, fica aquele xaveco fraco, um papo-furado. Pra economizá o meu tempo, eu encurto o assunto, já falo: "ai, tô cuma sede". Vai lá o trouxa correndo comprá uma caipirinha, uma breja. Chega todo babado. Aí eu dou uns cato de dez minuto e dispenso. Sem dó. Próximo. Fazê o quê? Gente tonta foi feita pra enganá, num é mesmo?
    O cigarro? Foi, professor. Foi nas balada o meu primeiro trago. Que qui tem de errado? Não aparece na TV, não é legalizado? Se nas escola até os professor fuma, então eles também tão errado? Além do mais, que cê qué que eu faça, vá procurá outra turma? É, porque é isso que ia acontecê. Todas as minhas amigas lá fumando, enchendo a cara, e eu: "não, desculpa aí, minha mãe falô que eu não bebo, não fumo, não hum…",

entendeu? Pronto, morri. Ah, pega mal né, prôfi. É a mesma coisa que tá lá, todo mundo no créu, créu, créu, dançando, rebolando, descendo até embaixo, e só você parada de braço cruzado. Num dá. A gente fica excluída. Sem jeito, sem graça. Eu não quero ser taxada.

    De babaca. Careta. Nem na escola eu gosto de me queimá. Tenho que manter a postura, a preza. Por isso que antes do zé-povinho denunciá eu só fumava no banheiro. Já até batizamo um lugar lá, no canto. Cinzeiro. Nosso cantinho. Mó da hora. Fica aquela neblina, aquele fumaceiro saindo, invadindo o pátio da escola. Não, num pega nada não. A diretora nem dá bola. Aí tem umas menina, umas fresca lá, que entra pra mijá, já chega tossindo, engasgando. Vão assim ó, uma mão tampando a boca e o nariz, a outra segurando a bexiga, toda apavorada. Faz o xiiiiiiii lá numa sentada e já sai, ligeira. Sem lavá a mão. Fraquinhas, coitadas. Não aguentam o cheiro. A gente não. A gente é foda. Aguenta o cheiro de xixi, esgoto, bosta. Só pra fumá. É. Tá pensando o quê?

    Viciá? Eu? Tá maluco? Tá, desculpa aí prôfi, é o jeito de falá. Te disse, eu tô acelerada. Mas num tem essa de viciá não. É besteira. Cigarro? Quando eu quisé eu paro. Sô uma mina firmeza, num sô? O senhor não acha? Eu tenho a minha opinião, meus argumento. Pergunta pras mina aí: tenho atitude ou num tenho? Tá vendo. Sô ligêra professor. Num vô no embalo de ninguém.

QUESTÃO DE POSTURA

O professor observa o menino no canto da sala, afastado. Sozinho. Suando frio. Esfregando a mão dentro da calça. Estranha. Aproxima-se, com calma. O aluno de cabeça baixa, concentrado. A mão dentro da calça. Esfregando. Não percebe a chegada do professor. Assusta. Coloca de volta, rápido. Sobe o zíper. O professor, meio sem jeito, pergunta:
— O que é isso, Lucas?
O aluno não vê outra solução. Abaixa o zíper. Mostra o revólver.
— Ah! Tudo bem. Pensei que tivesse fazendo outra coisa.
— Ô, que isso. Tá tirando, prussô?

MIOLO MOLE FRITO

Meu sonho é matar meu padrasto. Essa noite eu consigo. Vou ferver o óleo de madrugada e jogar dentro do seu ouvido. Enquanto ele estiver com o sono pesado, dormindo que nem um menino.

    Não será para ele não sofrer, não, eu quero que ele sofra. Muito. Mas tem que ser na trairagem pra ele não me machucar mais, não mexer mais comigo. Nem com a minha irmã. Aliás, eu avisei: faz o que quiser no meu corpo dolorido. Me bota pra lavar roupa, limpar a casa, sentar no seu colinho. Antes eu chorava, esperneava, mas agora... Agora eu desligo. Só que deixa a Beatriz de lado. Deixa a Beatriz.

    Se encostar num fio...

    Podia cuspir na minha cara, chupar o meu peitinho. Esfregar a minha testa na porta do armário, apertar o meu pescoço – como fez tantas vezes – mas, ela não. Ela ainda é inocente. Não carrega esse riso triste, esse sangue pisado. O chumbo vazio.

    Valeu o aviso?

    Tudo bem. Quando eu estiver esquentando o óleo, vou lembrar bem da temperatura do seu cinto. A maneira que ele queimava o meu lombo. A agulha de crochê e a ameaça que você

fez de enfiar dentro do meu olho. Espetar a minha retina com o dedo fura-bolo, lembra? Lembra, Antônio? Eu lembro. A cicatriz ainda tá no meu rosto. Naquele dia você mandou eu sofrer e não soltar nem um pio. "Xiiiiii... Quietinha. Nem um pio".
 Este é meu sonho, professor. Essa noite eu realizo. Apagar a bituca do cigarro na bochecha de Beatriz só fez eu ter certeza do meu pedido. E ele não fez de uma vez, não. Segurou o rosto dela e foi aproximando a brasinha vermelha, bem devagarinho. Eu só ali, olhando, pensando: qual panela que eu vou escolher? Sabia que o cheiro de carne queimada é fedido? Por isso que não sai da minha cabeça o tssssssssss do óleo escorrendo pela orelha, fritando os tímpanos. Quem sabe assim ele escuta os gritos que eu não pude dar quando vinha exalando cachaça e fumo. Encostando a barriga gorda, o peito cabeludo. Quem sabe assim a minha mãe acorda e percebe o que ele fez com a gente. Percebe o que ele fez comigo.
 Sei que o senhor pode estar assustado prôfi mas, não se preocupe. Quando for corrigir essa redação já estará tudo resolvido. Eu batendo o pé na estrada. E o miolo mole, frito.

PERDIDOS NA SELVA

A caverna é escura e baixa. Quarenta crianças me acompanham. Ar rarefeito. Há musgo e lodo, por todos os lados. Onze, doze anos. Há cinco meses estamos juntos. Uma brisa suspende os meus pelos. Gabriele, Amanda e Sabrina têm os lábios cortados. Estamos com fome. Jéssica está empestada de piolhos. Sede. Frio. Mariane se adianta, pergunta se vai demorar muito. Um pouco. André e Danilo falam alto. Brigam. Peço silêncio. Lembro que estamos sendo perseguidos. Tudo ali é muito perigoso. Juntos, somos fortes. A indisciplina nos enfraquece.

Uma velha lamparina nos ilumina. Há horas andamos. Estreita-se o caminho. Na parede, Jorge sente um frescor. Água. Um fio. Meninos e meninas se empurram. Todos querem beber. Ao mesmo tempo. Pamela cai, rala o joelho. Allan xinga a mãe de Jean. Puta. Solicito calma. Estou nervoso. Peço para serem rápidos. A lamparina está cada vez mais fraca. Parece perdida. Tento demonstrar segurança. Por dentro eu choro. As crianças falam. Não se controlam. Marcos dá um soco em Kalil. Tumulto. Nova peleja. Silêncio! Será que não dá pra conversarmos? É tudo no grito? Surge um eco. Estranho barulho. Elas se assustam. Nos damos as mãos, continuamos andando.

Agachados. Lado a lado. Alguns têm raiva, me olham com desconfiança. Procuro demonstrar força. Não acho. Ando na frente. Sozinho. A lamparina apaga. Jeremias grita. O óleo acaba. O gás acaba. Trevas. Desespero. Vou tateando. Círculos. Parece que nunca chegamos. Cansaço. Quero parar. Não posso. Estephanie chora. Cansaço. Insisto. Os ombros arqueiam. Tenho medo. Fadiga. Falta de ar. Cansaço. Sento. Desisto. Não. Levanto. Não desisto. Continuo. Estamos perdidos. Até a hora em que bate o sinal. Salvo pelo gongo. Todos pegam o material. Empurram cadeiras, arrastam carteiras. E todos vão embora pra casa. Desesperados. Correndo.

PRATOS LIMPOS

Cuspi, sim! Cuspi hoje, cuspi ontem, cuspiria de novo. Com gosto. Puxando lá do fundo do pescoço. A vingança não é um prato que se come frio? Por que que eu não posso botar um tempero? Pois bem. Cuspi, sim.

Tá fazendo por que essa cara de nojo? Cara feia pra mim é fome. Você quer um pouco? Onde já se viu. Me julgar é fácil. Onde é que você tava quando eles pegaram a mangueirinha e mijaram no rodapé da sala. Nas quatro paredes, de fora a fora. Dentro do cesto de lixo. Hã? Onde é que você tava quando tiveram a coragem de cagar no banheiro e limpar com o dedo assim, na porta. Arrastar no azulejo, na torneira, na maçaneta. Hã? Onde é que você tava quando essa cambada pegou tudo: colher, prato, caneca, jogaram tudo, tudo dentro da privada. Deram descarga. E o pior: cagaram por cima. Isso mesmo, jogaram dentro da privada e cagaram por cima! Você acha que tá certo? Cagar no prato que comeu?

Não, isso não é história, não. Isso é escola. Por isso que pra você é fácil me recriminar. Não sabe o que a gente passa. Não é você que tem que limpá todo dia essa desgraça. E olha, pra fazê coisa errada eles são criativo. Já tive que enfiar o meu braço em cada buraco fedido que nem te conto. Ia estragar o seu almoço. Fora as banalidade, as obra de arte que deixam todo dia no pátio: molho na escada. Arroz e feijão esmagado no chão. Purê de batata no teto. É um desperdício que não tem tamanho.

    Agora, uma coisa é certa: não é só aluno que faz esse chiqueiro, não. Professor é um bichinho porco também. Porco! Tem uns que não são capazes de tirar o copinho de café de cima da mesa. Jogar o guardanapo do lanche no lixo. O farelo do pão. Não fazem nada. Vão lá, sujam e, "tudo bem, deixa aí, tem quem limpa". Quem eles pensam que eu sô? Empregada? Na sala de aula a mesma situação. Como é que vão servir de exemplo pra essa molecada?

    Agora o dia que eu vi aquela cena no banheiro das professora, eu não acreditei. Uma coisa assim, parecia uma fralda cheia, de tão grande, grossa, jogada. Desabrochando na nossa cara, que nem uma rosa. Cheia de sangue. Você acha? Deixar o modes daquele jeito aberto em cima da tampa da privada? E o pior: ainda nem tava seco. Quem quer ver um útero exposto daquele jeito meu Deus?

    Rrrrrrraaaaiic. Puff! Nossa, esse foi osso. O que moço? Não, não acho que essa é a melhor solução, não. Sabe o que eu acho que deveria fazer? Deveria era ter pegado o desgraçado, a desgraçada, que fizeram essas porcalhada, porque descobrir não é difícil, sempre tem uma parede que tem ouvido, uma porta que não quer ficar calada. Tinha era que ter descoberto quem fez e botado pra mostrar a cara. Chamar o pai, mãe, sei lá, o responsável; se fosse o professor, de maior, com ele mesmo deixar acertado: vai ficar um mês na labuta, colaborando no ordenado. Varrendo o chão, lavando o banheiro. Enfiando a mão na bosta. Ajudando a gente a organizar esse pardieiro. Me diga: posso ou não exigir esse respeito? Isso é ou não é educação? Obrigar o sujeito a reparar um erro que comete, mostrar que tem que ser direito, tudo tem limite. Tô certa ou não? Mas ninguém faz nada. Ninguém corre, ninguém investiga. Fizeram como fazem sempre: nada. Ignoraram. Foram totalmente indiferentes. Pior: coniventes. Mostraram que todos, todos, sem exceção, tão cagando e andando pra tudo. Pra gente.

    Pois bem. Eu, por enquanto, só to cuspindo.

PEDIDO IRRECUSÁVEL

Tio, me dá um conto?

CARA DE PAU

Mãe, olha pra cara do seu filho. Olha bem. A senhora me desculpe, mas ele é retardado. Re-tar-da-do. E o pior é que aqui na frente da senhora faz cara de santo, mas não se engane. Esse é o famoso santinho do pau oco. Pé de barro. Lá dentro da sala é que ele se mostra. O cão. Sem vergonha. Safado.

Não quer saber de nada. Só dançar, cantar, brincar. Passar a mão. E acha engraçado. Você gostaria que eu passasse a mão na sua florzinha, João? Brincasse com a mamãe de Ricardão? Hum? Olha pra mim, João. Fala. Então, aqui ele nem fala. Mas na sala não, num pára. E não aprende. O que eu faço? Já cheguei no ouvido, já troquei de lugar. Coloquei perto da lousa, coloquei pra fora, mas num dá. Não abre o caderno, não faz a lição. Não traz lápis, caneta, régua. Só esse sorriso. Fica a aula inteira olhando pra minha cara e sorrindo.

Outro dia eu parei do lado dele, fiquei olhando. Até falei: "você tá com verme, menino?". Desculpa, viu mãe, mas falei.

Ele não entendeu.

Eu já pedi pra direção: temos que fazer alguma coisa, dar um jeitinho. Todo começo de ano eu aviso. Pega uma sala, joga só os do tipo dele e pronto. Faz a sessão de descarrego, despacho, exorcismo. Mas ninguém me ouve, ninguém me dá atenção. Agora a gente tem essa tal "política de inclusão", sabe? Tem que misturar todo mundo. É difícil. Eu queria ver esses homens da lei dentro da sala de aula comigo. Não há quem imponha limites pra esses menino. Queria ver na minha época você fazer o que fez, viu João? Queria ver o meu professor de português, que tinha uma régua desse tamanho, te catar com o cu na mão. Não ia sobrar nem um cisco. Mas agora não. É só gritar mais alto com eles que já vem conselho tutelar, vara da infância, juiz, papagaio, vizinho. Eles podem tudo. Esse aí então, mais do que todos. Só por conta dessa síndrome, desse defeitinho.

Mas, deixando ele de lado, eu chamei a senhora porque eu preciso lhe dizer: a senhora é a grande culpada dessa história toda, dona Conceição. Me desculpe, mas onde já se viu: a senhora devia se ocupar mais desse menino. Sabe, trazer ele pra escola, esperar que a gente ensine, dê conselho, conhecimento, atenção. Como se fosse uma pessoa normal. Parece que não percebe. Não tem jeito, não. É preciso dar uma educação especial para este menino.

UM ESTRANHO NO CANO

Nem pisei e tive vontade de sair. Correndo. Era um ambiente pesado, as pessoas de mau humor, só reclamando. Eu não me sentia confortável ali. Sabia que era diferente. Nem melhor nem pior que ninguém. Diferente. Mas não teve jeito. O histórico da família, a dificuldade de adaptação a novos lugares, a necessidade do ganha-pão fizeram eu insistir.

Ali dentro acontecia de tudo. Uma hora parecia uma feira: pessoas gritando, falando ao mesmo tempo. Em outras, um salão de beleza, no pior sentido: a fofoca rolando solta, cobra engolindo sapo e arrotando urubu. Um horror. Tinha dia que virava *shopping*: mercadão de queijos e embutidos, perfumes, roupas, planos de saúde, clube de férias, conta em banco. Consumo, consumo, consumo.

Só não parecia um ambiente educativo.

O melhor era a recepção aos novos. Eu sempre ficava atento ao batismo. O que falariam desta vez? Parecia que havia um certo prazer em botar um pânico, um medinho. "Olha, foge enquanto é tempo. Se eu tivesse a sua idade...". A maior parte dos professores estava de saco cheio de escola, de direção, de alunos. Aquilo era um cabide de emprego e pronto. Nada além disso.

Lembro que eu cheguei junto com um outro rapaz. Novinho. Cara de bebê. Quase não tinha barba na cara. Eles ficaram todos ouriçados com a nova cria. "Quem é esse? Estagiário? Voluntário? Tá perdido, filho?". Quando descobriam que era professor... Chovia conselho:
– Rapaz, seja firme, ou eles montam em cima.
– Aquilo é uma jaula. Só tem animal.
– Eles sentem o seu medo no ar...

O melhor para os novatos era ficar quieto. E fim de papo. Mas, e quando resolviam retrucar? "Os Idealistas". Aí ficava esquisito. A corporação se juntava, engrossava o caldo: "Ah, você é novo, tá chegando agora. Quero ver daqui a dez anos. Quinze anos. Vinte. Aí a gente conversa". Tinha também a frase clássica né:
– Ah, eu já fui assim.

Eu me colocava alheio a todos esses discursos. Desde o dia que cheguei, fiquei no meu canto. Calado. Não me misturava muito aos outros. A minha preocupação era a minha sobrevivência. Só me preocupava com o meu. E tudo certo.

Sempre fui muito observador. Vez em quando, quando não estava na sala, passeava pela escola. Passava na biblioteca, laboratório. A primeira, sempre fechada. O segundo, vazio. Observava o trabalho da secretaria, a cozinha, os corredores. As tias da faxina não gostavam muito de mim, não. Não sei por quê. Sempre que me viam era um alvoroço. Bem, pratos limpos, ninguém simpatizava muito comigo.

Apesar do que ouvia na saleta sobre os alunos, eu ia até eles. Devagar. Com respeito. De canto ouvia algumas das conversas, observava. E me assustava. Falavam que alguns professores viviam xingando eles de tranqueira, estrupício, marginal. "Êh, noia. Ô, raça! Isso num é gente!". Que alguns deles já haviam sido beliscados, tomado tapa, cróqui, chacoalhão. Soco no estômago – não deixa marcas. Até apagador já tinha voado na cabeça de aluno. Eu não duvidava. Da sala dos professores eu via que eles não morriam de amores uns pelos outros.

Foi assim que eu soube da história do Zóinho.

O moleque era mirrado, usava um óculos de três graus. Fundo de garrafa. Tímido, sentava na terceira carteira, da parede. Só no intervalo abria a boca pra conversar e só um pouquinho. A maioria dos professores nunca tinha ouvido a sua voz. Ele respondia a chamada levantando o braço. Muitos se perguntavam se ele tinha algum problema, se era surdo, mudo ou alguma coisa do tipo.

Foi por isso que eu fiquei indignado quando aconteceu aquele Conselho de Classe. Na sala, o Zóinho, a mãe, o diretor e oito professores. Aquilo não era uma reunião, era uma sessão não-oficial de linchamento. Os professores com a boca espumando, afinal, o menino tinha jogado uma carteira em cima do pé de um professor. O cara quebrou o pé, ia ficar não sei quantas semanas afastado. Aquele menino tímido, que não fedia nem cheirava virou uma ameaça. Um barril de pólvora. O que vai acontecer na próxima explosão? Vai esfaquear um aluno? Vai dar tiro?

Só que eles não tinham falado o que aconteceu. O porquê dele ter feito tudo aquilo. Eu sabia. O professor Clóvis passou uma prova. O Robson, o Zóinho, ficou vinte minutos com ela na mão. Colocou o nome e entregou. Em branco. O professor falou: "Olha, não é porque você tem essa cara de bobo e nunca fala nada que pode fazer isso. Vai, faz essa prova. Agora". E devolveu pra ele. Ele ficou ali, olhando a prova mais uns três minutos. Amassou e jogou no chão. O professor ficou irritado: "Você tem algum problema? É débil mental? Vai fazer essa merda agora!". Pegou a prova do chão, desamassou e colocou na mesa do Zóinho. "Vai. Escreve aí. Escreve!". Ah, o garoto desembestou: fez picadinho da prova, saiu empurrando cadeira, colega, carteira e pá: uma caiu no pé do professor. E deu nisso.

Tava todo mundo metendo o pau, dizendo barbaridades pra mãe. O moleque acuado, calado. Ninguém se referia ao fato de ele estar na quinta série e não saber ler e escrever. Caramba, será que eles não percebiam isso? Não levavam em consideração? Que o moleque tava triste, chateado, não conseguia desenvolver, e o professor ali, em cima, enchendo o saco, pilhando, humilhando ele? Bom, não dava mais pra eu ficar ali, omisso no meu canto. Precisava defendê-lo. Interrompi, pedi licença, comecei a falar. Expliquei que...

Expliquei nada. Nem comecei a falar uma professora arregalou os olhos, subiu em cima da mesa e soltou um grito. Foi um pega-pa-capá danado. Professora correndo, o diretor com a vassoura na mão. Até a mãe do Zóinho ficou assustada. Aí eu vi que tinha feito merda. O melhor era ter ficado quieto, em silêncio, como sempre fiz. Foi um tal de jogar cadeira, bater com a vassoura. Eu com as minhas patinhas ziguezagueando, desviando. Até que eu entrei pelo cano.

Bom, terminou a reunião, né? Eles reviraram armário, trocaram cadeira, poltrona de lugar. Espalharam ratoeira, veneno. Só que eu era ligeiro. Desviava de tudo, tinha bom faro. Comia as sobras que caíam no chão no intervalo dos professores e voltava pro meu esconderijo.

Até ontem eu ainda podia ouvir eles condenando a minha presença, a minha atuação. Imagina, em pleno Conselho de Classe, eu fazer aquela intervenção? Absurdo. Estavam revoltados. Deve ser por isso que hoje quando eu acordei não consegui mais sair. Tinha essa massa fria, úmida, cobrindo o buraco do cano. É, acho que foi cimento que passaram por aqui.

SEM VOLTA

Ela tem treze anos. Me chamou para fora da sala. Disse que precisava conversar, desabafar. Ela está chorando. Ela me disse que está grávida. Ela não sabe o que vai fazer. Disse que foi assim, sem querer. Nunca esperava que fosse acontecer. Não com ela. Está pensando em tirar. Perguntou diretamente: "professor, como faço pra abortar?". Eu parei. Emudeci. Não sei. Falei pra ela dos problemas de abortar. Que é ilegal. Que ela não conseguirá fazer o procedimento num hospital. Dos riscos. Perigos. Desafios que ela tem que pensar muito se vai correr. Dificuldades pelas quais eu como educador não posso me envolver. Decisões que eu não posso tomar. Talvez aconselhar. Ela disse que não sabe o que fazer. Ela disse que o seu namorado tem quinze anos. Parou de estudar. Não trabalha. Ele quer ter o bebê. Eles estão juntos há três meses. Ela está grávida de quase 10 semanas. Ela não quer o bebê. Perguntei o porquê. Ela disse, tentando segurar o choro: "Me-me-me-u pai. Ele me mata". Disse que era bobagem. Todo pai fala isso. Só ameaças. Ela me olhou séria, na bolinha do olho: "professor, ele mata". Ela disse que ele já matou. Por muito menos, coisa de boteco, pinga. Uma faca ele usou. Ela disse que ele foi preso.

Da cadeia, ainda avisou: se aparecesse buchada de um gurizinho, cortava a garganta dela, do pai e do menino. Sem receio. Cesariana antecipada. Se não pudesse fazer, mandava. Ela está com medo. Não para de chorar. Está entrando em desespero. Não sabia o que fazer. Dei-lhe um abraço. Pedi para o rosto lavar. Se acalmar. Voltar pra sala, que juntos iríamos pensar. Vamos aguardar. Ela não parou de chorar. Sentiu enjoos na aula. Ela passou muito mal na escola. Pediu para ir embora. Foi até a direção, ligou pra mãe. Vinte minutos depois, foi embora. Não sei se volta. Tem certas coisas na vida que não têm volta. Tem certas coisas que não têm volta.

SOCÁ PRA DENTRO

– Eu tava na escola, com um escritor convidado, quarenta alunos ao meu lado e nenhuma sala. A sala reservada na semana anterior, que inclusive tinham limpado, lavado... Passaram pra outro.
– Desorganização total?
– Pois é. Aí me botaram na antiga sala da direção. Imagina, da direção! Uma salinha pequena, apertada. Eu, o escritor e mais quarenta alunos ali, espremidos. Eu lá consegui enxergar que tinha um interfone lá dentro, ligado diretamente na secretaria da escola e que os meninos tavam lá, toda hora apertando o botão, fazendo barulho?
– E aí?
– Não, você não vai acreditar. Bateram na porta, né: toc, toc. Pois não? – eu abri um pouquinho da porta, era a secretária da escola. Ela falou: "professor, com que turma o senhor está?". Respondi: Ah, estou com várias. Da quinta à oitava série. São os alunos do projeto de Literatura. Aí ela me pergunta: "posso entrar pra dar um recadinho?". – toda educada. Falei: mas é claro. Ela entrou, fechou a porta e perguntou, em alto e bom som: "pessoal, quem aqui tem hemorroida?".

– O quê?
– Quem é que tem hemorroida?
– Não, cê tá brincando?
– Não, não tô. Na hora eu estranhei, até fiquei pensando: nossa, será que ela vai fazer divulgação igual aqueles cara que vem na escola, vender curso pra computação, vender passeio? Mas divulgação para hemorroida? Pomada?
– E aí?
– Aí que um aluno teve uma ideia genial, né? – "Tia, o que é hemorroida?". Rapaz, essa mulher pegou a deixa, olhou pra cara dos alunos e começou a gritar: "Hemorroida é a porra dum caralho dum negócio que dá no meio do olho do cu, faz uma coceirinha no dedo que faz vocês ficarem apertando essa merda de interfone. Dá pra parar ou eu vou ter que socá pra dentro, hein?". Falou, olhou pra mim, deu de ombros, bateu a porta, plam! e saiu.
– Nossa véio, eu não acredito.
– Te juro.
– Que rampeira! E os alunos, o que fizeram?
– Começaram a rir, não entenderam nada. Eu fiquei mudo, perdi a respiração, comecei a suar frio. Pedi mil desculpas pro escritor, falei que aquilo nunca tinha acontecido, e não tinha mesmo, pra ele entender.
– Nossa, que louco. Não dá pra acreditar. Já pensou se fosse um dirigente de ensino que tivesse ali dentro e ela fizesse isso? la dali pra roça, sem assunto, la rodar bonito.
– Mas foi justamente por isso. Ela sabia que era eu que estava lá, junto com um escritor. Que perigo que a gente representa? Em quem que a gente impõe respeito?
– Que barato sem noção...
– Não, e o pior foi a gozação, a molecada na escola depois. Qualquer coisinha, qualquer mancada que um aluno dava, alguém gritava: "aí, vou socá pra dentro, hein!".

PAPO RETO

Vou te explicar, só uma vez, porque apesar de parecer inteligente, você ainda é muito novo pra entender. Não tem a malícia, a experiência da vida. Aqui, as coisas não são do jeito que você quer. Tudo tem o seu ritmo, o momento certo. Você não pode chegar aqui e querer mudar tudo. Fazer a revolução, entende? Não, aqui você entra no esquema, no jogo. Ou entra no jogo ou tá fora do baralho. E te digo: carta fora fica marcada. Cê tá lascado.

Tô falando isso porque vocês, professores, criticam, mas não entendem como é difícil ficar aqui atrás dessa mesa. Acham que é fácil dirigir uma escola. Só reclamam, reclamam: "ah, que não tem organização"; "ah, que não tem transparência nas coisas"; "que eu nunca tô presente". Vou deixar uma coisa bem clara, já que você me questionou: a minha vida não é isso aqui. Isto é uma pequena, pequena parte dela. Eu tenho outras preocupações, entende? Por exemplo, tenho o financiamento do meu carro. Tenho a escola particular dos meus filhos, tenho o meu apartamento. Eu trabalho em três empregos, professor. Três! Veja a minha responsabilidade. Se vocês não me veem aqui quando precisam, não é por que eu tô

vagabundeando, não. Vê se alguém da secretaria bota falta no meu livro de ponto quando não venho? Não, eles sabem que eu não sô pilantra, não tô enrolando. Tô trabalhando. Tra-ba-lhan-do. E eles colaboram comigo. Isso se chama confiança, lealdade. Reciprocidade. Faço a cobertura deles quando fazem umas cagadas por aí. Trabalho de equipe, entende? Por isso, sou bem clara. É tua escolha. Ou entra na dança ou procura outra escola. Sem vacilação. Você não pode conosco. Nós somos a maioria.
O negócio aqui é sério. Muito sério.

DA FRENTE DO FRONT

Caríssima,
   deves recordar o entusiasmo com que recebi a convocação para a guerra. Fazia dois anos que tinha prestado o concurso e aguardava o resultado. Lembra a maneira como fiquei naquele dia em que o carteiro colocou o telegrama sobre a nossa caixa de correio? Meu coração saltava. Você abriu um sorriso, de rosto inteiro. Ainda sinto o calor me envolvendo do forte abraço que me deste.
   Amigos saudaram tão corajosa empreitada. Muitos me abraçaram. Tapinhas nas costas. Disseram que a nossa sociedade precisava de mais pessoas assim, como eu, para ser diferente. Estavam orgulhosos. Pediam para que escrevesse. Para não me sentir mal, não pensar que estava sozinho. "Envie notícias da frente do front. Responderemos. Sempre".
   Pararam no segundo mês.
   Talvez tenha sido por aí que a guerra começou a perder todo o seu charme e elegância. E tenha ganhado o seu verdadeiro sentido. O destrutivo. Comecei a perceber coisas muito estranhas. Erradas. Descobri que a maioria dos homens, adultos, tinham abandonado as comunidades, as vilas. Covardes,

fugiram, deixando pra trás terras devastadas, mulheres sozinhas para trabalhar, proteger e cuidar de toda a prole. Sozinhas. Guerreiras que muitas vezes saiam cedo de casa para garantir o pão e deixavam filhos tomando conta de filhos. Irmãos cuidando de irmãos. Primos, sobrinhos. Vizinhos. Crianças. Não sabia que elas eram os meus soldados.

Não acreditei naquela cena. Mal sabiam manejar direito uma caneta, um lápis e tamanha responsabilidade. São elas que deveriam transformar aquele lugar. Construir um mundo melhor, um novo país. Apesar de toda negação. Apesar de toda a falta de apoio, incentivo, oportunidade. Era delas a responsabilidade.

Poucos levavam a sério esta obrigação. Deus, eram crianças. Elas só queriam brincar, bagunçar. Era difícil mantê-las dentro da linha, impor limites, disciplina, ordem. Castigos. Isso me revoltava. Explicava que aquilo era necessidade vital. O que fariam no futuro, sem estudo? Aquilo tinha extrema importância para a vida delas.

Poucos me ouviam.

Apesar de tudo, lidar com os soldados era fácil. O pior estava por vir. Foi quando conheci mais de perto o nosso comandante geral. Ordinário. Pouco se importava com as condições das brigadas. Era apenas mais um senhor da guerra, ocupado demais com discursos, com o financiamento de armamentos bélicos. E comunicados. Não faltavam ordenações de ataques quase suicidas para demonstrar o nosso suposto poderio.

Tínhamos de cumprir tudo, sempre de cima pra baixo. Apesar de saber que, por detrás das escrivaninhas, ele nunca soube o quanto era consistente a lama em que pisávamos. A cor de nossa rasa grama. Nossas crianças. Eu acatava as ordens. Obedecia. Poucas vezes questionei. Camuflava a minha mediocridade através da subordinação e respeito.

Diariamente nos entranhávamos em mudas trincheiras e travávamos cegas batalhas. Alguns soldados abusavam do posto, desobedeciam ordens. Como punição, deixava-os do lado de fora da sala. À mercê da mira do inimigo. Algumas vezes funcionava. Noutras, ainda curtiam uma com a minha cara. Havia uma clara disposição para o perigo. Resisti bravamente aos campos de batalha. Ora avançava, ora tinha que retroceder. Mas eu não me abalava. Nem a minha fé. Tinha convicção quase cega de que estava fazendo a coisa certa. "O melhor para o mundo".

Até aquele dia.

O governo mandou suspender as atividades recreativas realizadas na escola durante o fim de semana. A notícia caiu como uma bomba. As atividades com bola eram fundamentais para aliviar a tensão existente no batalhão, as brigas. Fora isso, anunciou a redução de comida e suco dos alunos. Duas vezes ao dia, sem direito à repetição. Parece que ele queria criar um barril de pólvora, desestabilizar as tropas. Se não bastasse, outro duro golpe, agora na cabeça dos professores: corte de gratificações. Redução de quase trinta por cento do salário.

Não podíamos mais suportar isso.

Uma chance de reação foi dada a nosso favor pelo destino. Fomos convidados a participar de uma celebração no Palácio dos Bandeirantes. Futilidades. Poderosos exibindo seus carros blindados, *socialytes* ostentando peles esticadas. Ouro, luxo e provocações. Mas, pela primeira vez, o verdadeiro inimigo estava a olho nu. Aguardávamos El Comandante. Ele estaria próximo, frágil, tão humano quanto nós. Qualquer levante ali, naquele momento, seria considerado traição. Seríamos caçados feito ratos. Era a decretação de nossa morte. Não me importava. Pior seria insistir naquela falsidade. Ter que aturar nosso comando ir na TV exibir escolas novas, projetos modernos, alunos bem formados, professores satisfeitos. Uma realidade que não existe. Foi então que aconteceu. Um soldado nosso foi convidado para ser o orador de um discurso. Imagina, orador! Era a brecha necessária. Mandei trocar o texto. Passei para ele um outro, redigido antes de nos dirigirmos ao palácio, para que lesse em alto e bom som. Uma carta aberta na qual expunha nossas feridas, nossas dificuldades. Para que todos ouvissem, todos conhecessem a nossa realidade. Ou pelo menos se constrangessem ao tentar se explicar. Pedi para se armar. "Atenção, soldado. Na hora, não hesite. Atire". Ele leu o conteúdo. Estava de acordo.

Mas na hora H, não sei, devem ter descoberto algo. Mudaram todo o protocolo. Escolheram uma outra aluna da nossa turma para ler. Eu tentei dizer: Não! PelamordeDeus, não. Não teve jeito.

Quando vi, ela estava lá, de pé no palco, pequena, cabelos encaracolados. O discurso nas mãos. Eu abaixei os olhos. Não podia encarar aquela cena. O comandante dizia: "Prepare-se. Mire. Atire". Nada. "Soldado, destrave a sua arma. Está de óculos? Atenção. Prepare-se. Mire. Atire".

"Governador, eu não sei ler".

"Soldado, atenção! Preparar. Apontar. Fogo".

Nada. "Fogo, fogo!". Nada.

As pessoas entreolhavam-se, ninguém entendia. A secretária do alto comando se aproximou da menina, sacou a arma, e com ela em punho mandou que lesse. Os olhos da pequena brilhavam. A menina não lia. A secretária engatilhou a arma, apontou para sua cabeça: "leia agora. Vamos. Leia. Leia". Ela não suportou a pressão. Berrou:

– Senhora, eu não sei ler!

Todos se espantaram, ficaram perplexos. Alguns alunos mais próximos ameaçaram rir daquela situação, debochar da dificuldade da colega. Mandei se calarem. Prometi justiça com as próprias mãos, se necessário. Sai da sala. Sentei na beira de

uma escada branca que dava acesso ao salão principal e, com a cabeça entre as mãos, chorei. Chorei, chorei, chorei.
   Juro não ter derramado uma lágrima.
   Retornamos à base. Entre todos, poucas palavras. Aguardei o entardecer e, enquanto dormiam, levantei e parti. Abandonei o batalhão. Dois dias e duas noites se passaram até que eu parasse. Foi quando eu caí. Andara sem pensar para onde, até cair.
   Não sei quanto tempo depois acordei sob a copa de uma árvore. O sol emitia seus raios entre as folhas. Fiquei ali, deitado de barriga pra cima, contemplando aquela paisagem. Lembrei, minha caríssima, do dia em que deitamos sob a sombra de uma majestosa copa. Folhas verdes, brilhantes como só nós vimos naquela sonhosa primavera dos povos, em Porto Alegre, 2005. Céu azul e limpo. Lembro como nos demos as mãos, nos abraçamos. Trocamos carícias, nos beijamos.
   Você também foi feliz ali?
   Estou cansado de tudo. Não posso continuar. Estou perdido e não posso insistir em algo que não mais acredito.
   A mágoa maior que guardo é não poder ter combatido, uma única vez sequer, com o verdadeiro inimigo em carne, planejamentos, desvio de verbas, descaso. Thanatos te olhando nos olhos. Como ele é feroz. E como ele te destrói. Não são sonhos, utopias que são aniquilados. É tudo aquilo que nos resta e chamamos de humanidade. Ainda aqui sinto os vermes subindo pelo corpo, me desnutrindo. Apesar de já terem ido embora. Terem deixado apenas esta carcaça vazia. Fria. Oca. Não há mais alma. Há apenas uma massa disforme que não se pode chamar de corpo. Nem dizer que está vivo.
   Não me sai da cabeça a crueldade que é saber que tudo isso faz parte de um plano bem orquestrado. Que pessoas lucram. Que todos sabem. E nada fazem. Nada dizem.

TE
VER

N
RNO

MEDO

Na sala dos professores, um aviso:
— Não alimentem os animais.

BOAS-
-VINDAS

– Oi?
– Oi.
– Como cê chama?
– Maíra.
– Ah. Eu sou o Luan.
– Legal.
– De que escola cê veio?
– Eu vim do CEU.
– Puuutz, meu. Que azar!
– Por quê?
– Por quê? Oxi... Bem-vindo ao inferno!

O LIVRO NEGRO

A pior hora do meu dia é de manhã. Meu pai me cutucando: "Juca, Juca, acorda. Tá na hora de ir pra escola". Ô frase desgraçada. Faço manha, me enrolo no cobertor. Meu pai puxa com tudo: "Anda, levanta. Vai logo que eu num tô criando vagabundo". Saco. Em quinze minutos eu me arrumo e saio. Às vezes, nem dou bom dia.

    Nunca gostei da escola. Não gosto de ficar preso na sala de aula. Só venho porque sou obrigado. E não gosto de alguns professores também. Fazer o quê se os cara só arrasta, faz a gente de xérox: "Abra o livro na página 62 e copia a lição". Enche a lousa e copia, copia, copia a lição. Depois sentam. Pega a revista, pega o celular e: "Alô?". Ficam enrolando. Não explicam nada. Alguns até falam: "quem quisé fazê que faça. O meu já tá garantido".

    Bando de picareta. Fora os que faltam. Aula vaga é todo dia. Entra uns eventual que a gente nunca viu, não se apresenta nem nada, já passa uma lista de presença e lousa. Lição, lição e lição. Nem pergunta o que a gente tá aprendendo. Alguns até tentam ser gente boa, querem explicar, tentam ser atenciosos. Aí a classe é que não deixa. Melhor seria a aula vaga, né não? Mas tem outros... Já chegam estufando, batendo a mão no peito, latindo: "É, que eu faço, que eu aconteço, que eu sou lôco". Vixi. Dá vontade de sentar um pipôco. Boca morta não entra mosquito. Mas eu não sou desses pico. Meu prazer é sentar perto da janela e imaginar o que tá rolando atrás dos muros. Curti meu MP3, pegá meu caderno e treiná uns pixo.

Apesar de tudo, tento ser um bom aluno. Não sou de ficar cabulando, matando aula. Nem curto ir pro intervalo. Vô por causa da merenda. É melhor que a comida da minha madrasta. A gente vê os trampo que as tia faz, o barato com dignidade, com amor. Mas a hora do intervalo é foda. Tem uns moleque que compram lanche na cantina ou ficam do lado da fila lá, só panguando: "Aê, Merendeiro!". Mano, olha só a fita. Tudo da perifa, escola pública, só no osso. Vendendo o almoço pra pagá a janta mas, tem que mantê a banca. Tem que se crescê, tirando os otro de merendeiro.

Se tem uma parada que me deixa lôco é dizer que aqui não tem preconceito. Principalmente, que não tem racismo. É, só quem é sente na pele pra dizê. Quando cai nesses assunto, todo mundo sai de fininho. Os professores são os primeiros a dizer: "não, eu não sou racista". Só que eu já reparei, quando vão falar de algum aluno ficam cheio de dedo. Principalmente se for negro. Eles nunca sabem o nome da gente direito, então: "se viu o que aquele menino aprontou? Aquele lá, o Escurinho, o Moreninho, o Marronzinho. O Chocolate, Pelé, Buiú. O número 23". Carai, eu tenho nome, professor. Num aprendeu? E qual o problema da minha cor? Eu sou negro. Pode encher a boca e falar, não precisa ter medo não: Negro. Com respeito é bom, é bonito. Sai melhor que esses apelido aí.

Ninguém entende quando eu digo que racismo é igual rato. Vive escondido pelos canto. E que a escola é branca. Que quem tem cor, manda. Não, pra eles o mundo é todo colorido.

É. Mas teve um dia que a parada clareou. Todo mundo viu.

A Jéssica conversando com a Tabata, mó tempão, com aquela bundinha empinada pra cima, moscando. O Jayson do lado, se segurando, só olhando de rabo de zóio. Dois minutinhos. Não aguentou. Encheu a mão, pá! Na hora ela virou. Não parecia nervosa, não. Só o olho cuspindo. Soltou: "por que você não bate na bunda preta da macaca da sua mãe, seu viado". Nossa, o caldo engrossou, tio. O Jayson já queria cobrir a menina, a Tabata segurou. Juntou uma muvuca pra cima da Jéssica xingando ela de racista, racista, racista, até a hora que a professora levantou. Bateu o sinal. Ela pegou as coisas e saiu.

O debate rolou solto, tava quase na agressão. Entrou o professor de química, silêncio, silêncio. Todo mundo sentou. A Jéssica tava jurada. Iam catar ela lá fora, ela ia ser linchada. O Gilberto sentiu a tensão, e perguntou: "o que tá acontecendo"?. Nada, nada não. Mas ele se ligou. Ficou na frente da gente, de boa, braços cruzados. Perguntou de novo: "o que aconteceu?". É lógico, a Jéssica sentiu o pavor. Deu com a língua nos dentes. O Jayson também falou. Parecia um tribunal, réu e vítima argumentando, se defendendo. O professor ouviu todo mundo, trocou umas ideia, citou. Falou que os dois tavam errados, que ninguém tinha razão. O Jayson foi machista, não tinha direito de passar a mão na bunda de ninguém, não, assim, sem permissão. E a Jéssica? Bem, melhor encerrar o assunto.

Aquele clima na sala, ninguém tava satisfeito. Nem eu. Querem brigar, se matem. Tá limpo. Quero mais é ver o circo pegando fogo. Ainda mais essa mina racista. Mas o professor apaziguou a situação. Não ia rolar mais nenhuma treta, nenhuma briga. Aí o Giba pediu licença pra sair. Falou que precisava ir na direção, registrar a parada que tinha acontecido.

Adivinha o que ele trouxe?

A PLACA

A minha aluna virou uma placa. Há três meses ela deixou de vir à escola por isso: virou uma placa. E não uma placa qualquer, de trânsito, que ninguém respeita. Ela virou uma placa publicitária. Agora tem uniforme, endereço e identidade. Não fica mais à margem. Fica na porta dos *shoppings*, concessionárias e futuros edifícios, se autopromovendo. A placa. Com pernas.

    A minha aluna virou uma placa. Ela diz sentir muito orgulho da empresa em que trabalha. Construtora. Grande. Bem conceituada. Vende casas de alto padrão, para pessoas de bem, alto poder aquisitivo. Luxo. Seus condomínios têm quadra de tênis, piscinas, bancos; centro de compras particular, segurança e conforto. Diz que a tendência do futuro são os ricos não saírem mais de suas caixas, seus *bunkers*. Para eles tudo será *Prime, Van Gogh. Personnalité.*

    A minha aluna virou uma placa. Aconteceu na porta da escola. Um homem parou o carro importado, abaixou o vidro e disse: "você leva jeito para placa". Um cara branco, alto, malhado; peito raspado, gel e gravata. *Big boss*. Ele não perguntou idade, se tinha experiência ou carteira registrada. Pediu apenas para tirar o óculos, soltar o cabelo. "Pronto. É isso aí. Bonita. Está contratada".

A minha aluna virou uma placa. Ela diz que trabalha numa empresa ética, séria. Não registram, mas pagam todos os impostos. Todo final do dia ela recebe o seu salário. E vai embora pra casa. A empresa só fez uma exigência: que deixasse a escola. Questão de escolha. O trabalho é das nove da manhã às sete da noite. Segunda a domingo. E sempre há um novo bico. Setor imobiliário em expansão. As propostas estão em expansão. Eles precisam de placas. Ela já é uma placa. Quem precisa de estudo?

A minha aluna virou uma placa. Outro dia, pura sorte, eu a encontrei. Andando sozinha, pela noite, voltava do serviço. Descaracterizada. Não parecia ser a menina frágil da sexta série que até outro dia eu conheci. A menina tímida que sonhava em ser modelo, e só estudava. Falei: "e aí? Você precisa voltar pra escola". Ela respondeu, em tom de deboche: "quem eu? Fala sério!". Ela não. Já tinha uma profissão. Tinha seu próprio dinheiro, ajudava a mãe em casa. Responsável, não precisava mais de conselhos, não precisava de mais ninguém. Só do *big boss*, o chefinho. Aquele que lhe deu valor. Deu emprego, deu presentes, prometeu castelos. O único que não lhe fez sentir mais como uma qualquer. A transformou numa placa.

Uma placa-viva.

BOCA DO LIXO

Eu tô cansada de ser arrombada. Eu tô cansada de ser humilhada, ofendida. Só essa semana foram três vezes. Três vezes! Não há cu que aguente.

    Isso aqui... isso aqui num é vida. Cê reparou nessa molecada, às sete da manhã, encostados no meu portão? Aos poucos vão chegando, formando. Vinho seco e cigarro na mão. Bate o sinal, eles entram. Chapados. E de tarde os di-menor. Uns molecote desse tamanho, magrinho, num passam dos doze e ficam ali, a tarde inteira nas pedra. Queimando até o osso. Onde já se viu?

    Também, se tivessem um esporte, uma cultura, um incentivo. Mas aqui? Aqui não. É como disse aquela escritora. Aqui é o quarto de despejo da cidade. Não tem Pan, Copa do Mundo, ginásio. Só os beco, as viela, as rua; um ou dois campinho e essa porcaria de quadra. Olha só, as grade, tudo enferrujada. Sem trave, cobertura sem telha. Um cimentado todo torto que vive rachando as cabeça. Molecada aí quase se mata. Bola num dura. Nem o risco tá aparecendo mais no chão. Só os noia. Eles aproveita o mato alto, o abandono, pra ficá aqui, se corroendo. Não dão sossego. São pior qui furmiga no açucareiro.

Por isso que eu digo: tô cansada. Também, ninguém faz nada. Eu pergunto: quem se preocupa comigo? A polícia? Os político? Os ricos cidadãos de bem? Eles até vêm aqui de vez em quando com projeto, dinheiro na mão, mas num ficam muito tempo. Nem quero. Pensa que eu não lembro? Eles foram os primeiro a deixar a gente aqui, à deriva. Sozinho. Feito cão sem dono. Eles foram os responsáveis por esse abandono. É. Podiam bancá colégio particular pros filho ué, fazê o quê? Quem pode mais chora menos.

Dizem que lá tem aula de teatro, balé, dança de salão. Oficina de cinema, de rádio, judô, natação. E aqui? Aqui nada. Tem dia que falta até giz. Cadeira, carteira. Só o leite que não. Nem o macarrão. Arroz, feijão e salsicha. É bonito vê a molecada fazendo fila com o prato na mão. Tem uns que vêm pra escola só pra aproveitá a dieta do governo. De graça, balanceada. Por isso que precisa de um controle na distribuição. É, redução de carne, frango. Senão eles abusam. Outro dia passaram um comunicado que a empresa terceirizada precisava economizar. Pedir pras tia botar mais água na sopa. Misturá um pouco de carne com ração. Verdade. Acha que é brincadeira? Os menino gostaram. Lambero até os beiço. Num teve um ó, qui reclamou.

Agora, demorô! Alguém tem que resolvê a minha situação? Vai sê sempre isso? É só aparecer o final de semana, eles encostam o caminhão. Desce criança, desce mulher. Desce adulto. Eles arrombam, invadem e levam tudo: panela, abridor de lata, liquidificador. Merenda, computador, ficha de inscrição. Até armário de professor, levam. E eu, sem um pingo de tesão, tendo que aguentar esse entra e sai entra e sai no meu terreno?

Pergunte se alguém viu? Não, eu num vi nada. Num sei de nada. Agora, cola na biqueira. Já tá tudo empenhorado. É isso que me deixa mais puta da vida. Todo mundo sabe pr'onde vai, todo mundo sabe do que tá acontecendo, e ninguém, ninguém faz nada. Você acha que alguém se importa?

Tudo bem. Só não reclamem quando eu soltá os meu pequeno. Os da vida torta. Não me abandonaram? Não acabaram com a minha educação? Então num vou pensá em ninguém, só ni mim. Vô fazê qui nem as cachorra, bem gostoso. Sem camisinha, sem preocupação. Analfabetos, aidéticos terminais, dependentes químicos. Um bando aí de ladrão, estuprador, assassino. Meus herdeiro. Num verão raça, religião, condição social, cor. Vão fazê todo mundo prová do meu amargo sabor. Essa dor que num tem fundo. Eu posso ser uma escola véia, tá feito defunto, mas tenha certeza: cês ainda vão si fuder comigo.

OBITUÁRIO

Vinte e seis anos, dez meses e vinte e nove dias. É a idade que eu tinha quando peguei o vinte e dois que era do meu pai trancado na gaveta do criado-mudo, no quarto, fui até o banheiro, sentei sobre o vaso, enfiei o cano dentro da minha boca e segurei com as duas mãos, o dedo polegar direito apoiado sobre o gatilho e puxei.

Me acharam depois de um dia e meio. Dizem que parte do meu cérebro ficou grudado, secando no azulejo. Não lembro.

Vejo que muitos se perguntam por que eu fiz isso. Tava de saco cheio, entende? Não tava mais querendo brigar com o mundo, ser hipócrita, fingir que eu era importante. Tapar hemorragia com *band-aid*. Ter que acordar todo dia, perceber a sua cara amassada no espelho, ver que você só tá envelhecendo, os cabelos caindo, ficando branco; você tá ficando brocha, gordo e papudo, e o que fez da vida? Você olha pra trás e, o que aconteceu? Nada. Nenhum fato, alguma coisa que realmente marcasse, alguém que fizesse a diferença. Nada. Foi por isso.

Naquele dia acordei decidido. Não foi nada de cabeça quente. Já tava pensando sobre o assunto há muito tempo, já tinha feito vários ensaios: faca sobre o pulso, coquetel de remédio, veneno. Mas ficava só na preparação, nunca consumava o fato. Era assim toda vez que acordava às quatro, cinco da madruga, pensando na escola, nas mudança, no meu trampo e no que eu poderia fazer. A cabeça girando, parecendo um quebra-cabeça, um labirinto. Eu entrando na noia, ficando depressivo. Por nada já chorava. Com medo de pegar nos livros, estudar; medo de ir pra escola. A única vontade era de entrar no carro e sumir. Pegar uma autoestrada dessas aí e sumir. Deixá tudo pra trás, feito poeira.

Já procurei tratamento, já fui na igreja, psicólogo particular. Já fui até na psiquiatria do Servidor. O médico lá, com uma cara de bunda, fingindo que tá me escutando. Olhando o relógio, uma puta má vontade. Depois passa uma bosta numa receita qualquer, me dá uns dias de licença e próximo! Tá limpo. Tô fora, meu irmão. Se me chapar de remédio é insanidade, eu quero é ficar limpo. E louco.

Se foi a coisa certa? Cara, todo dia morre não sei quantas pessoas no mundo: AIDS na África, bomba no Iraque, conflitos no Quênia; adolescente disparando a esmo dentro de colégio nos EUA, assalto nos Jardins, acerto de conta na Perifa, morador de rua queimado no Glicério. Vocês interrogam todo esse pessoal, perguntando se o que aconteceu com eles foi certo? Qual o problema do suicídio? Principalmente agora que eu tô morto, pra que que vocês querem estudar o meu raciocínio? É tão difícil aceitar que esse mundo tá podre, que tá tudo errado, tudo pelo avesso? Que a vida não é o que se pinta nas novela da televisão, que escola não é o que aparece na Malhação? Que tem gente que não quer mais continuar fazendo esse jogo? E se foi só isso, e eu quis decretar o meu fim? Posso? Tenho esse direito?

Errado é essa molecada na rua. Século vinte e um e você encontra pessoas sem um teto pra morar, morrendo por falta de atendimento nos corredores dos hospitais. Todo dia alguém bater na sua porta, tocar a sua campainha: tem isso, tio? Tem aquilo. As pessoas se humilhando. Ver marmanjo aí, de vinte, trinta anos, uma puta disposição, uma puta vontade e não tem emprego. Não tem qualificação, não tem oportunidade. Pai de família chorando, num tendo um tento pra comprar o leite do filho. Isso é errado. Agora, eu me dar um tiro... Eu machuquei alguém? Feri alguma pessoa? Não, fiz tudo quietinho, tudo certinho, dentro da minha casa. Não parei o trânsito, não atrasei o lado de nenhum trabalhador. Nem tiveram que fechar *shopping*, banco, ninguém decretou luto. Só a minha escola. Mas aí a molecada, depois do chororo, até que gostou, ficou um pouquinho feliz.

Você pode até achar que eu não pensei nos meus alunos, mas não. Eu pensei. Muito. Só pensava neles. Eles eram a minha preocupação principal. Mas eu cansei. Cê faz um trampo sério e não é reconhecido; trabalha, trabalha, trabalha e, no fim do mês, uma merreca de salário. Vê um monte de gente enrolando, falando bobagem, abusando do posto, tratando mal a molecada e curtindo uma com a sua cara de otário. Vê o governador ir na TV mostrar uma escola que não existe e tem que ficar calado. Ver a Secretaria de Educação, que não conhece a realidade, querendo te ensiná o beabá e tem que ficar calado. A Super Nanny, até a Super Nanny, cara, dizendo como você tem que educar o seu filho e tem que, ah, na boa né mêr'mão? Chega. Minha cabeça explodiu, só isso. E não me arrependo, não. Não pedi pra nascer, tá ligado? Me jogaram neste mundo fudido sem me perguntar o que eu achava disso. Tão acabando com o mundo, aquecimento global, desmatamento, poluição, consumo, consumo e ninguém me pergunta o que eu acho disso. Eu me dou um tiro e por que cê fez isso? A questão é, por que você não faz? Não tem coragem? Nem na hora de morrer tem atitude? Fica aí como um Zé se enganando, se acabando, dando milho. Ah, não me critiquem. Se vocês querem continuar sangrando, devagar, se iludindo, tudo bem. Mas eu desci do barco. Assumi o meu rumo. Acho melhor vocês fazerem o mesmo. Uma hora ou outra ele vai afundar mesmo.

PRE
VE

EMA
RA

POETA

Feia. Ridícula. Horrorosa. Nem por Deus. Nariguda. Jagunça. Cabeçuda. Cabelo ruim. Cabelo de palha. Só Jesus. Gorda. Baixinha. Quatro-olhos. Fedida. Neguinha. Bafo de onça. Bosta de cavalo. Bucha de canhão. Bafo de valeta. Estopa de mecânico. Cegueta. Nariz de porco. Nariz de batata. Macaca. Cabeça de melão. Dente podre. Boca de esgoto. Pano de graxa.

Talvez você até duvide, mas a maldade existe e esses eram alguns dos adjetivos que Kelly era chamada. Provocada. Machucada. Ofendida. Quase sempre ela ouvia. Quando colocava o nariz pra fora de casa. Quando atravessava a rua pra evitar os meninos e a roda malvada. Quando cruzava o corredor da escola. Arriscava colocar alguma foto nova na rede social. "Se enxerga", era um dos comentários. E ela se olhava, se observava. Gostava do que via. Apesar de sua beleza não ser refletida na tela. Não ser capa de revista. Não figurar nas propagandas, ser alvo de belas matérias e novelas. Ela gostava.

Apesar disso, sentia-se um pouco perdida, deslocada. Andava isolada. Tinha amigos e amigas mas era só pra constar, fazer o social, servir de fachada. Demorou algum tempo até ela se situar. Descobrir o seu grupo, sabe: achar o seu lugar.

Sempre se sentiu como um peixe fora d'água. Até conhecer o sarau. Sim, o sarau: um espaço cultural, uma festa onde as pessoas se encontram pela arte, para contar histórias, recitar poemas, interpretar a vida. Com doses fortes extras de lirismos, dramaticidade e poesia. E o melhor: tudo acontecendo na quebrada. Pertinho de casa. Naquele local, em que algumas pessoas diriam "tão feio quanto ela", chamado de periferia.

Kelly se surpreendeu com aquele lugar, a proposta daquele espaço. Dezenas, centenas de pessoas se encontrando, juntas pra comungar o quê: desabafos? Raivas, rancores. Alegrias, protestos, amores. Contos, crônicas, e muita, muita poesia. Muitos sentimentos que Kelly conhecia bem, tinha necessidade de expressá-los. Ela ali tomou um banho de palavras, sorrisos, pancadas e verdades que tocavam fundo, em seu íntimo que só ela conhecia. E apesar de chegar tímida, meio de lado, de mansinho, foi acolhida. Se sentiu respeitada, agraciada, autoestima elevada. Viva. Depois de dezessete anos respirava fundo e sentia algo diferente: respirava e se sentia viva.

E foi com essa renovação íntima, a empolgação com os poemas que as pessoas mandavam, uma dose de coragem, pitadas de vingança e ironia que resolveu escrever; de certa forma, revidar. Colocar a boca no trombone, responder a tudo que sempre sofreu, desengasgar. Folhas sobre a mesa, palavras na mão, era hora de algumas contas ajustar. O primeiro verso demorou, não sabia o que escrever, não sabia como começar. E depois que desencanou, escreveu o que a verdade de seu coração mandou, ficou mais fácil. Foi o primeiro disparo do canhão de sua revolução. E não parou mais de disparar, disparar, disparar, até atingir a sua dominação. Primeiro pessoal. Depois, para outros territórios: na sala de aula. No corredor da escola. No centro cultural, nos bares, nas ruas em que frequentava. A jovem antes desprezada, xingada, ofendida começou a ser convidada pra recitar, ter plateia para ouvir os seus versos com atenção. Aplaudir ao final, com emoção. Kelly se descobrindo, era o próprio show.

A menina que sempre foi achincalhada pela maldade de quem fere as pessoas pra tentar se ver valorizada estava se transformando. De lagarta, entrou no casulo da literatura e virou poeta. Borboleta. Exigente, crítica, ficava horas, dias sentada lendo e escrevendo, buscando a melhor letra, o verso certo. Aquela batalha solitária com a palavra. Que ela tanto gosta. E viu seu mundo mudar. Ainda hoje por onde passa, é apontada. "Olha ali, olha ali, mano. Aquela mina faz uns texto nervoso. Zica, Cabuloso. Ela é poeta. Da pesada". E hoje, não atravessa mais a rua pra desviar das rodinhas: os meninos abrem espaço para ela. Na rede social, tem a sua poesia comentada, algumas páginas do gênero pedem permissão para divulgá-la. Amigos e desconhecidos compartilham. Alguns textos foram selecionados para em uma antologia ser publicada. As pessoas fazem pose ao seu lado para tirar foto. E quando perguntam como ela quer ser chamada, ela sorri. Lembra de quando as pessoas não se preocupavam com isso, apenas descarregavam de suas bocas os sujos adjetivos, como se a sua pessoa fosse uma privada. Lembrando ela sorri. Diz que tem preferência pelo nome, Kelly. Assim no simples, singular. Mas gostaria mesmo era de ser lembrada como poeta. Po-e-ta. Nada mais.

MENINAS SUPERPODEROSAS

– Vocês têm doze, treze anos. Estão na sétima série. Estudam em uma escola pública ferrada, toda fechada. Sem cor, só grade. Aqui não tem um laboratório, não tem sala de vídeo, não tem computadores. Nem sequer uma quadra. Ou seja, podiam ficar por aí, reclamando pelos corredores, chorando. Se fazendo de vítima. Mas não. Arregaçaram as mangas, foram à luta. Dedicaram uma hora por semana, além da sala de aula, pra se reunirem, conversarem. Discutirem o que acontecia na escola. E criaram um jornal. Impresso. Com denúncias, informações, reflexões sobre os problemas. Fotos. E também mostraram os talentos, o valor e as coisas boas da escola. Já publicaram quatro edições. Tem um blog na internet. Comunidades em redes sociais. Escrevem como gente grande. São unidas, inteligentes. Bonitas. O que mais vocês querem?

– De verdade?

– Sim, claro. É o que as pessoas querem saber.

– A gente quer o impossível.

BOI NA LINHA

O professor tenta entrar na sala. É parado na porta por uma aluna:

— Prussôr, o senhor não pode ir na festa.
— Como?
— O senhor não pode ir na festa da Alice!
— Que festa, que Alice?
— A festa da Alice, prussôr...
— Não tô sabendo de nada.
— Ai caramba. Ó, vô tentá falá de outro jeito. Sabe o tatu? Não. A formiga e a cigarra? Não, não é essa história. Como é que minha vó fala? Ah! Tem boi na linha! Isso. Tem boi na linha, prussôr.
— Eu não tô entendendo nada do que cê tá falando, Gabi.
— Puxa, prussôr. Tem boi na linha. O senhor não pode ir na festa da Alice. Só isso.
— Ô menina, dá pra você ser mais clara, traduzir? Isso já tá me irritando.
— Tá bom, tá bom. Só quero dizê que é sujeira. Cagaram na porta de casa. É. É melhor o senhor sair fora de campo, limpá a área, pará o jogo, sei lá...

– Hã? Cê tá doida? Vai, dá licença. Deixa eu dar a minha aula porque eu já entendi. Você só tá me enrolando.
– Não, prussôr...
– Dá licença.

Quarenta e cinco minutos depois...

– Gabi, vem cá. Agora explica, direitinho, o que cê queria dizer?
– Ai prussôr, o senhor, hein? A festa da Alice, boi na linha, cagão na porta... Só queria dizer que o senhor tá com uma catota enoooooooooooorme pendurada no nariz!

LITERATURA É POSSÍVEL

Neuroses, grades, frustrações. As grosserias. Tudo, tudo fica pra trás. O dia irradia. Inicia-se o ritual. A primeira coisa a lembrar é que estamos ali não pela imposição das leis, do judicial, da sociedade que nos obriga a SER, algo que depois não vai RECONHECER. Não, estamos ali por um ato de liberdade. Um ato da vontade. Um momento na vida em que paixões podem ser divididas. Angústias, alegrias, mágoas, risadas podem ser divididas. Através da palavra. Água. Professor, posso beber água? Vai firme. O banquete está posto. A nossa santa ceia está servida. Livros expostos. Estendemos as mãos, chamamos o nosso convidado. Para iniciar a partilha. Do pão. Da palavra. Do pão-lavra. Nada de escritor terno-e-gravata. A imagem no quadro, paralisada. Não, ele é uma pessoa. Parecida com a gente. Viva. Alguém inicia: cê é da Paraíba? Talvez sim, talvez não. Todos somos. Sonegamos. Como só negamos raízes negras, indígenas. Raízes nordestinas que são resgatadas com maestria, num verso bem mesclado, num cordel, num trava-língua, embolado. Num repente chapado que alguém estranha: isso num é Rap? Não. Parece. Mas é raiz. Poesia. E abrem-se sorrisos. Lindos. Que um dia me disseram: professor, eu não gosto disso. Isso é coisa de bicha. Eu falei: licença? Posso ler um poema? "Vai né. Fazê o quê? Se a gente disser que não, adianta?". Não. Vou ler. E recitando Periafricania, eu fiz a introdução. O convite à poesia. Compartilhar Peri, África e uma mania: gostar de literatura. Contos, romances. Palavra-rapadura. E ele começou a perguntar: putz, eu tô virando boiola? E a menina começou a falar: professor, eu tenho uma estória. E um outro me diz, aos 12 anos: professor, eu tenho um livro. E me puxa da sua mochila azul um caderno fininho, capa verde-água, pequeno, com várias bilhetinhos, "Pensamentos de um poeta". E eu descubro que o novo está vivo. Pulsante. E não se pode acreditar nas máscaras que disfarçam aquele instante. Máscaras impostas para suportar uma realidade difícil, cortante. Instigante. Poética, lírica e estética. Que me faz lembrar da antiética que é dizer: eles são burros. Idiotas. Não estão preparados para Literatura, Jorge Amado, Guimarães Rosa. Não vão gostar de Eliane Brum, Akins, ou qualquer outra prosa. Eles não têm cultura. Não estão preparados para escrever, expor seus sentimentos, mandar os recados de uma vida dura, mas com muita alegria, brincadeira e ternura. E eu digo: não. Estou aprendendo que não. Não se pode dizer não, não, não, eles não sabem. Não se pode dizer "são incapazes, perderam". Os campos foram todos devastados, a vida é isto. Perdemos. Não. Sei que uma andorinha só não faz verão, mas do inverno brota uma certeza: eles crescerão. Sobreviverão. Porque a experiência através das palavras, a convivência; jogando água sobre pedras eu vi brotar um jardim que resgatou a minha inocência. E irradiou uma nova primavera. E o que antes eram feras viraram rosas – com espinhos – capazes de exalar um perfume de revolta, amor, palavras e carinhos que olhando nos meus olhos dizem: não só a literatura é possível, professor. Nóis também.

A QUEDA

QUERÔ (sussurando): Melhó a gente voltar quando não tivé ninguém. Vâmo chegá, metê o pé na porta, soltá os cara e sair.
    BALEIA (também sussurando): Cê tá louco, Querô? Cheirô cola e comeu a lata? Já viu o tanto de cadeado que tem essa grade no portão? Cê acha que vai estourá tudo com esse seu pezinho?
    QUERÔ (falando um pouco mais alto): Aí Baleia, tá me tirando?
    ALEMÃO (grita): Ô turminha, olha o barulho aê!
    PEDRO BALA (fala em tom baixo): Êh, vâmo pará com a treta. O negócio aqui é sério. A gente já tem todo o esquema traçado, Querô. O Baleia tá certo. Num é agora que vâmo mudá. Cês conferiram de novo, deram um rolê pelo pavilhão?
    BALEIA: É, naquelas né, Pedro. Esse véio fica de marcação. Mas a gente conseguimo fazê uma lista de cada cela.
    PEDRO: Deix'eu ver: Mendes, Rosa, Quintana, Drummond. Hum, João Cabral, Vaz, Bandeira, Sacolinha, Ferréz, hehe, esse é dos bom. Mas, só tem homi aqui mano?
    QUERÔ: Êh, Jão, cê nunca foi na cadeia? Lá num tem essas coisa de misturá homi com muié, não.

BALEIA: Caraio, mas cê é burro pra cacete, hein Querô?
QUERÔ (alterado): Tô te avisando Baleia, vô te cobrir de soco.
PEDRO: Ô, ô, ô, vâmo pará as duas menininhas aí... Só ficam brigando. Querô, isso aqui é a Revolução, num lembra? A gente vai tomá a Bastilha, cara. Aqui cum nóis não tem essa separação, não. Acrescenta aí: Clarice, Dinha, Lygia, Cecília, Elizandra. Carolina.
QUERÔ (preocupado): Mano, num vai dar pra levá todo mundo. E o Veríssimo, o Vinícius. O Plínio, cara!
PEDRO: Infelizmente alguns ficarão. É como dizia a minha avó: não se quebra ovos sem soltar os pintinhos...
BALEIA (falando alto): Nóóóóóssa, que viagem. Háháháhá!
ALEMÃO: Xiiiiiiiiiiii. Silêncio!
PEDRO: Aí, vâmo falá mais baixo que o Alemão vai arrastá. Querô, repassando o plano.
QUERÔ: Tá, cada um pega uma touca e vai prum corredor.
PEDRO: Certo.
QUERÔ: O Baleia vai latir.
PEDRO: Isso, e aê?
QUERÔ: Êh, aqui é sujeito homi meu irmão, eu sei do baguio. Pergunta pra ele agora.
PEDRO: Fala aí, Cadela.
BALEIA: Tá forgado hein, Bala?
PEDRO: Folgado é as minhas calça.
QUERÔ: Ihhhhhhhh...
BALEIA: Tá bom, tá bom. A gente começa a tirar os livros, você assobia, dá o grito e a gente responde em coro.
PEDRO: E sai correndo.
BALEIA: Não, fica esperando o tiozinho pegá nóis. Seu moscão.
PEDRO (ficando empolgado): Firmão, então é isso rapaziada. É tudo nosso! Sem nervosismo, sem afobação. Chegou a nossa vez. Côs foram escolhido a grão. Isso aqui num é pra

qualquer um não, hein? A gente vai ficá na história da escola. Na humildade, na malandragem. Sem pagá simpatia. Um por amor, dois pelos livros.

QUERÔ e BALEIA (gritam): Um por amor, dois pelos livros!

ALEMÃO (falando alto): Vamos ficar quietos aê. Isso aqui não é escola de samba, não.

PEDRO: Vai, vai, vai. Cada um pro seu corredor.

ALEMÃO: Meninos, vocês já sabem: um de cada vez pra pegar os livros.

BALEIA (urrando): Au, au, au. Auuuuuuuuuuuuuuuu.

ALEMÃO (alterado): Vai latir na sua casa, Rogério. Maicon, posso saber onde você pensa que vai com essa pilha de livros. Parece que não conhece as regras. Emerson? Emerson! O que é isso? Desce já dessa mesa moleque.

PEDRO (falando alto, voz firme): Quietinho. Quietinho. Meu nome é Pedro Bala. Descendente de Zumbi, irmão de Lima Barreto, neto de Lampião. Isso aqui é a Revolução, Alemão. Livros são pra mexer!

QUERÔ e PEDRO: Livros são pra mexeeeeeeeer...

ALEMÃO (gritando): Seus bostas, vamos parar com essa bagunça agora. Vocês estão na Biblioteca! Ei, ei, onde vocês vão? Vocês não podem sair com esses livros. Volta, devolve aqui!

PEDRO: Corre, corre, corre.

ALEMÃO: Ô Direção. Direção!

NÓS, OS QUE FICAMOS

Alguns nos perguntam: tá, o que vocês vão fazer?
Estamos descobrindo.
A única certeza é: vamos ficar.
Nós, os que ficamos, somos a única chance de salvar este lugar.
Do desespero. Da ruína. Do abandono.
Do comum.
Não culpamos quem partiu.
Foi uma opção?
Culpamos quem nos abandonou.
Por isso é preciso ficar.
Quando as coisas apertam, quando temos dificuldades, não podemos simplesmente nos mudar.
Abandonar nossa memória, nossa trajetória, nossos amigos e mudar.
Desistir.
Fazer outro caminho e, desistir.
Nem sempre abrir mão é o melhor, o mais fácil.
Nem sempre o mais fácil é o melhor.
O mais correto.

Principalmente quando nos resta uma pergunta: e os que ficam?

Não podemos deixá-los.

Convites, propostas não faltam. Argumentos são duros. Muito. Principalmente quando vêm de dentro de casa:

– É isso que você quer pro seu futuro? Pra sua família? Se matar pra ganhar essa miséria de salário? Ninguém liga para o que você faz. Ninguém liga para o seu trabalho. Você é que é covarde, tem medo de mudar.

Muitas horas fraquejamos.

Quase nos damos por vencidos e, está bem. Vamos mudar.

Mas aí pensamos: poxa, não é isso o que queremos.

Não é isso que queremos para nossos irmãos, primos, amigos.

Não é isso que queremos para ninguém.

Por isso é preciso ficar.

Para brigar, confrontar, sangrar.

Somar, transformar.

Unir.

Para que nenhum de nós continue sendo humilhado.

Nenhum de nós desprezado, desrespeitado.

Esquecido.

Ficar.

Não queremos nos mudar do lugar que sobrevivemos. Queremos mudá-lo.

Torná-lo mais bonito, mais solidário.

Mais forte. Mais humano.

Nós, os que ficamos.

Somos muito importantes.

Nós, os que ficamos, somos a única chance.

De mostrar o quanto estamos vivos, pulsantes.

Até para dizer: não!

Nós não sairemos daqui.

"A violência dos opressores, que os faz também desumanizados, não instaura uma outra vocação – a do ser menos. Como distorção do ser mais, o ser menos leva os oprimidos, cedo ou tarde, a lutar contra quem os fez menos. E esta luta somente tem sentido quando os oprimidos, ao buscarem recuperar sua humanidade, que é uma forma de criá-la, não se sentem idealistamente opressores, nem se tornam, de fato, opressores dos opressores, mas restauradores da humanidade em ambos. E aí está a grande tarefa humanista e histórica dos oprimidos – libertar-se a si e aos opressores."

PAULO FREIRE

© Editora NÓS, 2021

Direção editorial **Simone Paulino**
Assistente editorial **Joyce de Almeida**
Projeto gráfico **Bloco Gráfico**
Assistente de design **Stephanie Y. Shu**
Revisão **Jorge Ribeiro e Gabriel Paulino**

Dados Internacionais de Catalogação na Publicação (CIP)
de acordo com ISBD

C578t
    Ciríaco, Rodrigo
    Te pego lá fora / Rodrigo Ciríaco,
    São Paulo: Editora Nós, 2021
    96 pp.

ISBN 978-65-86135-23-7

1. Literatura brasileira. 2. Contos. I. Título.

                                  CDD 869.8992301
2021-823   CDU 821.134.3(81)-34

Elaborado por Vagner Rodolfo da Silva – CRB-8/9410

Índices para catálogo sistemático:
1. Literatura brasileira: Contos 869.8992301
2. Literatura brasileira: Contos 821.134.3(81)-34

Todos os direitos desta edição reservados à Editora NÓS
www.editoranos.com.br

Fontes **Cindie Mono, Untitled Sans**
Papel **Pólen soft 80 g/m²**